블루 십자가

박도희

시집

문예
중앙
시선
026

블루 십자가

박도희
시집

문예
중앙

아닌 것들의 침묵은 고요가 아니다

아닌 것들의 고요는 침묵이다

사라지는 틈이 그의 얼굴이 되고 나의 얼굴이 된다

그림자의 충격을 모아 너라 부른다

차례

사흘간의 다운로드 1 ― 수　11

사흘간의 다운로드 2 ― END　13

사흘간의 다운로드 3 ― 손수건　14

사흘간의 다운로드 4 ― 잠자는 방　16

사흘간의 다운로드 5 ― 어머니　18

내일의 취향　20

그림자가 무겁다　21

연결　22

0%　24

지옥 휴가　27

개　28

손　29

눈 사이로　30

나뭇잎을 사러 간다　32

내 귀의 전성시대　34

시선　36

나무의 무의식　38

나의 빈티지　40

詩의 여자　41

파도　42

칼　43

happy birthday　44

폭설　45

블루 십자가 1　46

블루 십자가 2　47

거울 속의 자장가　48

새벽 산　50

안부　51

수미산 52

그늘 연못 54

양팔저울 55

삼육동 호수 1 56

삼육동 호수 2 57

즉석사진 58

환선굴(換仙窟) 59

기러기 농장 60

비둘기 62

床 63

가위 64

떠다니는 길 65

장마 66

멀지 않은 곳에 67

당신은 68

2월에 빛나는 것 70

圓 72

깃털 단상 73

이미지의 골목 74

기계의 봄 76

꿈이 아니어도 좋아라 77

이름이 불리는 순간 78

해설 오필리아의 노래 · 이경수 79

일러두기

한 연이 첫 번째 행에서 시작될 때는 > 로 표시합니다.

사흘간의 다운로드 1
— 今

閒을 엮어 줄을 만들고 벗어놓은 옷을 걸어두어요

똑같은 꿈으로 똑같은 죽음을 덮고 있는 침대가 자주
보여요

내 머리카락과 책들이 수치의 돌처럼 만져지고 공기
의 리듬을 타는 책상 위 물컵은 말을 아끼라고 내게 강
요하고 있어요

超人鐘이 울린다 문을 천천히 열기 위해 좀 돌아가기
로 한다
是是: "누구세요?"
非非: "나"

밥을 먹는 시간이 길어지면 사진 속 식구들이 웃을 거
같아

빈 자루 같던 방 안에 햇빛 사다리가 놓인다 A4 용지

가 솜처럼 부드러워진다 보이지 않는 나는 나랑 내기를
한다 누가 올까?

어떤 눈물들은 귓가에 碑가 되어 남겨지기도 해요

꿈이 해체되어 쓸쓸하게도 내 눈이 충혈되어 있지요

사흘간의 다운로드 2
— END

하늘 아래 거칠게 덧댄 네 죽음이
부드러운 중력이 되어 흩어진다
공중은 드레스를 입은 여인의 관(棺)
네 정원에서는 무엇이 보이는지 보이지 않는지
춤의 안무가 이어지지 않는다
네 숨소리는 다시 다가올 나의 축제
비밀의 신기루를 이해하고 있다
불안의 장막을 걷어낼 편지는 없다
네 심장으로 인해 모든 말은 이미지이므로
나의 발길에는 서사가 없다
변주의 덫에 걸려 내 눈동자가 사라지고 있다

사흘간의 다운로드 3
― 손수건

1

내가 전하지 못한 손수건을 옷장 깊숙이 넣어두었지 읊조림의 강물이 흘러넘쳐 옷들이 다 젖어버렸지 아무도 모르게 그 옷들을 입고 맨발의 빗장을 풀고 바다로 흘러들어갔지 전율이었지 파고가 시간의 흐름을 따라가지 못했지 지쳐서 나는 손수건을 꺼내 냄새를 맡았지 말문 막힌 동공이 떠다녔지 감격의 소문이 나를 피했지

2

그대의 손수건이 상상하는 나를 잡아 어항에 넣어둔다 소심함의 투망이 건져 올린 적막전화를 걸고픈 충동은 아침을 깨트리는 알람 흔들리는 영혼의 그래프를 감싸는 지느러미를 따라 유리벽을 통과한다 손수건은 우울하다 손수건은 깡충깡충 산토끼 손수건은 메아리 손수건은 피어싱 손수건은 장작 더미 손수건은 미운 오리 새끼 특권이 없는 손수건은 지워진 얼굴의 나, 그 느낌을 모른다

>

3

　저기, 저, 우연의 향기가 씻기는 눈물은 기쁠 것이다
긴장이 얼마나 큰 무대인지 관객의 풀밭에 누워 눈을
감을 것이다 설렘이 찾는 밀물과 썰물 손수건에 새긴
아쉬움의 밀도가 길이 되어줄 거라는 기대감이 발길을
재촉하리라 그러나 클라이맥스는 너무 흔한 물결프린
트 입맞춤을 간직한 채 서툰 욕망은 나의 연민을 표식
삼아 낯선 거리에서 수많은 그대와 손수건을 흔들며 헤
어질 것이다

사흘간의 다운로드 4
— 잠자는 방

후회의 숨이 남아 있지 않을 것이므로 묽어진 기억이 토해내는 수채화, 채도를 조절할 수 없는 일상이 자기 자신을 구속할 물증을 찾는다 집착의 화려한 내재율을 함께 따라갈 수 없는 풍경의 애도로 닫힌 바람의 문이 열린다 어지럽다 어지럼증이 세상의 새를 외다리로 만드는데 체념이라는 과대망상증을 이해하기 위해 불빛을 켜두는가 치유는 제 울타리를 따뜻하게 품지 않는다 겹쳐지는 황금비율이 혼란을 빚고 부서지는 지문이 엉켜서 달콤한 어머니들을 주고받는다 창작은 없는데 저마다 독특한 이력이 폭풍처럼 밀려들면 하강하는 분노는 반역일까 호흡일까 여전히 직립보행은 우리의 신앙이므로 슬픔을 빼앗길 수 없는 내면, 우리의 발길은 기울어진 평면의 감각을 익혀 영혼의 구름다리를 건넌다 선택은 언제나 횡포의 슬럼프에 시달린다 삶으로 초대한 비웃음이 너라 명명한 빛, 빛의 즐거움은 오만하다 너에게 시야를 양보할 수 없는 너의 어둠, 눈 맞춤의 얼룩을 덮고 시들어가는 죽음을 그림자 논란에 부친다 흐려지지 않는다 지워지지 않는다 무의미한 죄는 제 이름

을 찾으려 하지 않는다 공중의 무거운 돌을 움직이려고
그 누구도 다가가지 않는다

사흘간의 다운로드 5
— 어머니

봉변이라는 느낌을 지울 수 없는 결혼이 어떻게 시가 되나 어머니가 태어나기도 전에 난 어머니와 결혼했는데 어머니가 죽어도 어머니의 새 아내가 나를 낳을까 봐 두려운데 (어머니 우리 어머니 왜 내 눈에만 보이는 어머니의 자식들이 있나요) 때론 영원한 과부처럼 느껴지기도 하는데…… 나는 어머니와 이혼하고 싶지만 하늘이 베푸는 구원은 의심의 뇌우를 피해간다 슬픔의 뿌리가 빠르게 잠식해도 잉태된 열매만으로도 배부른 가지를 베어내지 못한다 예정의 풀밭은 푸르다 어머니의 울타리 안에서 감자를 깎던 칼로 제 손목을 긋고 부엌에 쓰러진다는 설정은 사생아들의 낙서일 뿐 (바다에 고인 피 말라붙은 피가 가루가 되어 먼지 속에 스며듭니다) (미안해 정말 미안합니다 나는 미안해란 말을 거꾸로 매달고 채찍을 가한다) 어머니의 품위가 세공한 나의 품위가 헛웃음의 앰뷸런스를 타고 무기징역의 감옥 안을 질주한다 (어머니의 팬티가 벗겨지지 않아요 찢어지지도 않아요 어머니 팬티에 부적같이 뭘 적어났나 봐요 어머니도 나도 아무래도 좋지만요) 열린 적도

닫힌 적도 없는 심장을 꺼내봐야 하는 한낮의 적요 이
심전심의 현실이 기다릴 적은 영원히 없다 (……그러나
고뇌의 옥상에서 어머니는 여전히 꽃을 가꾸십니다 그
꽃들을 나의 동생이라고 말씀하십니다 (어머니, 난 언제나
알지 못하는 동생이 부담스러웠어요 나를 어디서나 보고 있을 것 같은
동생 누가 그 동생을 놀릴까 봐 불안했어요 아버지에 대한 그리움보다
더, 더) 이름 없는 동생들이 사는 내일이 찾아옵니다 새
로 피고 지는 꽃의 지평을 상대로 어머니의 시가 어수
선합니다……)

내일의 취향

그의 침묵이 거짓말이라는 걸 안 순간 나의 입술을 저장하는 꿈, 잠들어 있을 때 길을 묻지 말아요 나는 잠들 거예요 물이 되어 천천히 마르길 기다릴 거예요 아무것도 비추지 않을 때까지 물의 여백이 다가올 때까지 친구들이 나를 헹가래 쳐도 모른 척할 거예요 피도 흘리지 않고 유리조각을 씹는 시간이 범람한다 생판 모르는 남녀가 치고받는 싸움으로 전개되는 삶 인과도 등 뒤에서 들려오는 내 비명소리도 어색하다 자연은 벤치, 라고 나락이 말해주었지 내가 기울어질수록 바람이 수평으로 머물다 가겠지 나그네가 잠들 때에 햇살도 눈을 감네 커다란 독수리가 제 깃털을 뽑아 던진다 내 등뼈에 화살처럼 꽂힌다 쉽게 깃털을 뽑아내지만 불안한 나는 빨리 걷는다 질문이 잠들었어요 질식할 것만 같아요 구원으로부터 구원을 받으라고 붓다가 말했어요 자비송을 불러봐요, 비단실을 뽑아봐요 작은 유충이 되면 어지럽지 않을 거예요 지각한다는 느낌이 나를 과녁으로 삼는다 정확하게 내 심장을 지나 창밖 언 나무에게 꽂힌다 지루함은 왜 꼬박꼬박 소비되는 걸까 나는 '없는 거기에' 가보았어요 평면의 흔들리는 산을 오를 수 있었어요 내가 무엇과 연결된 걸까요 호주머니 같은 벽들을 만지작거리고 있었어요

그림자가 무겁다

아기의 울음소리를 듣고
꿈속의 나무가
커져간다
꿈속 나무를 껴안는 어머니의 뒷모습이
내 그림자에 박힌다
어머니의 바코드는 만 개의 無
겹겹이 피어나는 無의 그림자 속으로
나를 데려다 주세요
십이…… 스물다섯 스물여섯……
어둠이 얇게 저며져 흩날린다
저 침입이 너무 느려 막을 수 없다
내 그림자가
물구나무서기를 한다
귀 헐은 새 날아와
바닥마저 쪼아 올리려고
내 그림자 속을 헤집는다

연결

죽은 모기가 뿌려놓은 핏자국에 놀라는 밤이야
밥알같이 조각난 이빨을 뱉어내는 꿈에 한 번 더 놀라지
그만 집착해야 돼 약속은 시간에 속해 있지 않아
만나지 않았다는 사실이 그 많은 결과들을 설명할 수
있겠어?

　　연결 1: 너는 '없는 거기에' 야
　　　　　　내 눈물이 지킬 수 있는 나라에 있다구
　　연결 2: 나는 '혹은, 그곳' 이야
　　　　　　동쪽에서 비가 내려 네 심장은 어디에 있니
　　연결 3: 우리는 '닿는 여기로' 를 알고 있었던 걸까
　　　　　　그림자가 업어주던 내가 그리워 나는 그림
　　　　　　자 무늬야

금속날개조끼를 입고 날았어 날개가 무거워지기 시작
했어
벗어놓은 날개조끼가 껌종이만 하게 작아졌어
빛의 각도에 따라 달라지는 오색 그림이 펼쳐졌어 신

기했어

　봤지? 봤지? 너에게 묻진 않았지만 그 물음표가 내
날개였나 봐

0%

꿈은
고백의 그늘이다
그물질로 낚일 수 없는 나의 무게다
그리하여
채워지지 않는 슬픔의 하루, 완전이란 그런 것이므로

─ 너는 城을 부시는 바다를 그리워했지 바다를 부수
  는 城이 너였다는 걸 알아
  그리워, 왜 말하지 않았는지 묻지 마

기쁨은
내게 끊임없는 배움의 영역에서 머물라고 하지만
나는
수평으로 자라는 나무
네 집이 뚫린다 해도 거칠 게 없는 내 잎은 겸손하지
않네

  ─ 떨리고 숨이 가빠왔어 밤이 죽어 있는 곳을 찾아보

려고 해

별천지는 내가 숨을 곳이 나를 피하지 않는 곳이야

책은

한 마리 연어를 사랑한다

회귀와 복귀 차이 앞에서 운다

아름다움의 흔적을 비루하게 기다린다

뒷장을 넘기지 못하고 이슬물결이 되어 스며드는 일

도 안다

— 애절하다와 싸늘하지 않다 사이에서 서성이는 글

자들을 모아봐

비례, 지독하다, 더군다나, 그 자리, 사시, 조약

돌……

어머니의 질문을 가져간

별

반짝인다, 왜 난 무릎과 심장의 기능을 혼동하는 걸

까요?

　대답이 빛으로 태어난 세상에서

　태양은 뭘 기억하고 있을까

　— 병은 학습효과를 기대하고 삶은 그 숙제와 나름 씨

　름한다

　어제의 꿈은 계속 두 방의 총알을 맞고 다니고

지옥 휴가

강물 위로 검은 오리의 목이 축 늘어져 있다 죽은 척
하던 검은 오리가 갑자기 고개를 젖히고 제게 다가온
흰 새를 물고 흔든다 먹잇감도 아닌 새를 속임수까지
써가며 왜 죽이는 걸까 난장이다 갑자기 강물이 끓어오
른다 두려움이 북을 친다 강물 위로 흩어지는 흰 깃털
들 사라진 건 뭘까 이리저리 문이다 기억 속 길들이 바
뀔 것인가

개

개 같은 것, 멀리 가지도 못하면서 남을 물기만 하는 것, 그가 내게 말한다 가는 둥 마는 둥 나는 구름의 친구마냥 빈둥거린다 *(하루살이구름의 눈이 애절하게 나를 느낄 수야 없겠지요)* **일방적인 상황이었습니다.** 이건 심리전이야, 언제나 한 번의 기회가 더 있다구, 풍산개처럼 그를 물고 집요하게 늘어진다 내 숨이 고철처럼 꺾인다 *(어떻게 이리 모든 게 물렁거리는 것이냐)* 주소 없는 개같이 나의 모든 치수가 말소된다 슬슬 숨어 다니는 개여! 배가 고플 텐데 분이 날 텐데 헤이, 꼬리를 치켜들어라, 그리움이 설계하는 나는 태어나기 전에 완성되었는가 나의 구역은 언제나 신성하므로 꿈에 물려도 질서를 잃지 않는다 **다 말해! 끝없이 말하라구!** 너덜너덜해진 개, 개의 목줄을 잡아당긴다 비밀의 넝마를 걸치는 자는 지칠 수 없다 *(어디서,,,,,,,, 누가,,,,,,, 물렸다고 하더이까?……)* **어서 침을 닦지 못해!** 개 같은 것…… 멀리도 가지 못하면서 그처럼 히이!…… 남을 깨물기만 하는 히, 히이! *(네게 던질 것을 주련!……)*

손

큰 방에 손만, 손들만 보인다
바닥을 기어 다니고 있다 손만 왜 이리 남았을까

(손가락 하나와 손가락 하나가 가만히 닿는다)

― 잡아도 되는가
― 이젠 따뜻한가

― 당신의 눈물 안에는 빈방이 너무 많이 갇혀 있어요

꿈이 잠들지 못하고 질문하는 새벽
누군가 듣고서 저 손을 높이 들어 흔들어주고 있다

(손가락 하나와 손가락 하나가 가만히 닿는다)

눈 사이로

아이들 방에 가로수가 욕실에 책상이 거실에 세탁기가
비스듬하게 세워져 있다
나는 소리친다
— 책장이! 세탁기가!……
식구들은 나를 폭풍우에 흔들리는 나무라고 생각한다

왜 부엌칼은 창밖 나무에 매달려 있는가

달빛 쪼개는 조약돌(을 마구 던질래)
네가 있을 것 같은 카페 안(을 기웃대는 구름을 지키네)
작은 의자(들이 눈처럼 훨훨 내려오네)

침묵을 빨고 또 빨고
동사를 먹어버린 기억이 입을 벌린다
망각의 막대기가 돌리는 커다란 접시가 되어 나는 어
지럽다
오븐 레인지가! 꺼지지 않는다 안방 장롱 문이! 닫히

지 않는다

　몸을 비튼다 내 오른쪽을 찾는다

나뭇잎을 사러 간다

샌들이 점점 커진다
샌들은 나무, 내 발은 나뭇잎, 큰 신이 벗겨지지 않는다
나는 두 그루의 나무를 신고 있다
바람이 좌판 빨강색 귀걸이를 만질 때
왼발이 꺼진 핸드폰 속 숫자를 누른다
햇살이 흰 원피스를 입은 여자의 머리를 잡아당길 때
오른발이 칼 박물관의 칼의 ㄹ을 지우고 있다
오른발 왼발 오른발 왼발 길이 흔들린다

나를 신고 가지를 뻗어가는 두 장의 지도
나뭇잎이 지도를 벗어나 휘날린다
나도 모르게 나의 발을 자른 걸까
벗지 못하는 DNA와 신지 못하는 DNA
오른발이 홈쇼핑의 글루코사민 광고를 보고
왼발이 아일랜드에 풍차를 세운다
나뭇잎아, 오래오래 아주 오래
공중에서 머물러라
오줌을 싼 이부자리 지도가 지워지기를 기다리던 그

시간처럼

　샌들이 커진다 점점 커진다

내 귀의 전성시대

……하여 변호의 울음소리를 들을 줄 알았는가 찢긴 그림자의 부피로 길을 만드는 어둠 속에서 ……하여 시작과 끝의 밑그림을 몸으로 간직한 멍울의 나무를 꿈의 푸르른 강물에 집어넣었는가 힘없는 비유 같은 이파리들은 어찌하려 했는가 ……하여 용서의 숲이 선택한 바람에게 말은 걸어봤는가 시간의 타래가 풀리고 있던가 새 명사를 바랐던가 ……하여 집착의 무게가 벽이 된 불협화음의 방이 피를 흘리던가 회오리치던 공중이 세차게 내던져지던 순간 생기는 복음에게 엎드리었는가 ……하여 종이처럼 얇아진 풍경 위로 내려앉는 바닥을 보았는가 전장(戰場)의 소문이 팔랑일 수 있던가 ……하여 다시 물로 변한 포도주를 마시는 잔치는 강박의 너울을 끌고 가던가 ……하여 시간의 손톱인 분노는 무엇으로 꺾이던가 스스로를 제물로 심었던가 통증은 거리의 분뇨로 남겨지던가 ……하여 한낮의 개집 같은 평안이 토해내는 뼈다귀의 세밀화를 하늘 낮은 땅의 구름은 숨기고 있었는가 ……하여 세월이 제 수심을 들쳐업고 배 몇 척을 무성영화처럼 돌리었는가 바다 무릎과

사람 무릎의 깊이가 다르지 않더라고 짐작의 나날로 살아지던가 ……하여 밥그릇의 비밀이 소문처럼 넘겨지는 달력에 꽂은 창(槍)을 뽑지 않고 있었는가 누가 들고 나가 잃어버렸다고 투덜거리기도 했는가 ……하여 기름의 불꽃으로 몸을 적시었던가 그 색을 꺼내보기는 했는가 ……하여 사랑의 역사는 쓰였는가 혁명의 얼굴을 구할 문자는 구했는가 배고픈 물고기의 시편을 은둔의 성전에 갖다 바치었는가 떨어지던 비늘의 기억을 따라 심장 속 달이 헐떡거리면 환수할 게 있었던가

시선

1. 죽은 새

주먹으로 맞은 얼굴을 젊은 여자가 손으로 감싼다 정
오의 백일홍 같은 얼굴 위로 햇빛은 투명의 피를 흘린
다 횡단보도의 흰 선이 휜다 사내가 다시 여자의 등을
내리친다 지나가는 여학생이 짧게 비명을 지른다 여자
의 목선이 휘지 않는다 여자의 눈에서 죽은 새가 떨어
진다 얼굴을 가리고 여자가 천천히 걸어간다

2. 모래알

산책길에서 주운 조약돌이 모래알이 되어 흩어지는
저녁 한 알 모래알의 그리움이 밀물이 된다 모래알의
렌즈가 모래알을 비춘다 요오드액처럼 멍이 든 이빨과
꿈속 파도에 휩쓸려간 할머니 백발까지 포착된다 모래
알을 향해 씽긋 웃는 내 혀의 반이 툭 끊어진다 잘린 혀
를 들고 렌즈를 빼앗는다 모래알이 잠든 척한다 잠은
모래알의 강박관념이다 새 혀가 돋아난다

>

3. 돌담

내 맨발을 이제껏 본 적이 없다는 생각이 들어 울었다
어딘가에 있을 집을 찾아 걸어 다녔다 묻지 않을 거라
고 아무것도 묻지 않을 거라고 다짐하며 내 발등에 물
을 주었다 부리 같은 잡초들이 나를 계속 파고들었다
나의 상상 속의 디데이 그날들의 무덤이 허물어져갔다
아무 일도 일어나지 않았는데 다 보았다, 다 보았다, 하
늘이 나를 흔들어댔다

나무의 무의식

듣기

너는 돌아보지 않아 네가 풀어놓은 악보 위에 갇힌 네 뒤통수만 눈을 달고 움직여 너는 알고 있어 너의 등 뒤를 누가 있는지 무엇이 보이는지 걸음보다 더 정직한 음표들이 혼돈의 악보 위에 쓰여 있어 네가 걸어가고 있어 너는 나를 모른 척하지 유보적인 건 더 이상 없는데 사실과 진실 어느 것부터 반납할까 어쩜 난 내내 빈 악보였는지 몰라

말하기

너 따라오면 죽어, 여자가 자기 어머니에게 소리 지르다가 노선 없는 버스를 타고 갈 때 노모보다 늙은 여자의 약봉지가 여자를 따라가지 못할 때 여자 없는 여자의 첫사랑이 빚더미에서 허덕이고 있을 때 여자의 외로운 눈동자가 그 빚 갚아주지 못할 때 여자가 돌아가지

못할 어둠이 저 혼자 돌아갈 때

따라 하기

거미, 넌 傷害통장을 43번 찾아 썼고 곧 통장은 마감
된다 진짜 목숨을 끊을 때가 온다 네 시체를 숨기지 못
할 것이다⋯⋯ 어디서 보냈는지 거미에게 보낸 공증서
를 나도 보았다 창문 모서리 거미집을 빗자루로 쓸어버
렸다 철거당한 거미집에 아직 대문인 양 거미줄 하나
흔들거리고 있다 다친 거미가 벽을 떠나지 않고 오르락
내리락 한다

나의 빈티지

나쁘지 않은 시
늦가을을 닮고 싶은 의자
배터리가 다 된 시계
죽은 매미들이 새 배터리를 만들고 있다는 상상
장난의 운명을 믿는 헝겊 뼈다귀를 물고 오는 강아지
제 속도감을 즐기는 햇살
50% 세일 아이스크림
각종 펜 사랑
시선이라는 행위 예술을 위하여
막대사탕을 물고 타는 버스
모자란 슬픔
현혹=과제
패, 경, 옥˙ 같은 택배물
늙기로 한 터널
오후 찻잔에 담는 비
기어코 찾으려고 하는 눈물에 관하여

• 윤동주의 「별 헤는 밤」에서.

詩의 여자

과학의 술로 다시
나를 빚어다오
태어나는 일로 치장하게 해다오
흙이 아니었으니 사라질 흙의 냄새를
꿈꾸게 해다오
어떤 섬광의 신발을 신고 걷게 해다오
추억은 기억의 결핍
취기를
빈곤한 땅에 비로 내리게 해다오
딸도 아들도 아닌 계보를
무사히 적게 해다오
거룩한 아침이 오셨네
바늘구멍보다 좁은
질서
너의 하루를 다시
기뻐하게 해다오

파도

close
저 팻말 보이니
시간이 되면 다 퇴장해야 해
넌 나를 이해시켜야 해
너무 심심해 말잇기 놀이를 하자
不可
가난
난제
제목
네 얼굴을 볼 수 있어
목적
적수
수술
이제 일어나야지 이제 일어나야 하잖아 밀려온다 밀
려간다
이 끊임없는 呪文
술래
거기에 있지 마

칼

　전선 위 까마귀가 울고 있네 지나가던 여인이 저 부리 좀 봐 잘생긴 까마귀를 보고 감탄하네 나는 세 번, 집에 가고 싶다 내 몸 위에다 쓰네 **너**는 열 번, 너무 싫어요 네 책 위에 내갈기네 인내하라, 명상하라, 믿어라, 나는 집 없이 일곱 개의 해를 만드네 **너**는 천지창조와 상관없는 죽음의 유혹을 따라가고 싶어 하네 거리는 점점 읽을 게 없어지네 **너**는 내가 기다리고 있는 耆, 렘브란트의 귀향 속 탕자처럼 칼을 차고 있지만 아들인 적 없어 누군가의 발끝에 쓰러지지 못하네 **너**는 너의 아들일 뿐이네 나는 **너**를 축복하네 설령 넘기는 책장 같은 기쁨은 날 메모하지 않네 찌르기도 베기도 전진도 몰락도 우리의 자화상을 전부 칠하지 못하네 날이 번득이는 반지가 어둠을 끼네

happy birthday

　폭주족마냥 위아래로 질주하는 엘리베이터가 정지하지 않는다 비상 버튼을 누른다 아무도 없어요 물음이 대답이 된다 엘리베이터 속도가 느려지고 등마저 꺼진다 지금은 해저터널을 지나고 있는 거야 상상이 필요해 윤이 반지르르한 고래 한 마리를 찾아보는 거야, 오우 하느님! 아무 날도 아닌데 받는 선물처럼 기분 좋게 열리는 문이 어딘가에는 있겠지요 순간 엘리베이터 문이 쫙! 열린다 우리 집 거실이다! 가운데가 네모나게 파져 있다 초록 줄기 식물들이 층을 이뤄 차곡차곡 묻혀 있다 무엇 때문에 이런 일이 일어난 거지 이유가 없다고 고개를 숙일 필요는 없어 Go! Go! 해피 罰스데이, 해피 bus데이, 그래, 가자 사는 건 좋은 거야, 투유族은 맥락이 없어도 좋은 거야 물만 먹어도 감사한 거야 갑자기 내 몸에서 빛이 나더니 올라간다 高! 高! 고공 행진하는 공중의 넝쿨처럼 내 몸이 우! 우! 雨! 雨! 자라난다

폭설

　눈이 방심으로 나를 가둔다 무한의 문이 열린다 몸을
관통하며 긴장의 눈꽃이 핀다 회피와 저항의 산이 백기
를 흔든다 무단횡단 무단침입의 역사, 구원의 법정이
열린다 환호의 고리에 매달려서 *언젠가 죽음이 대성황
을 이루었다 당신이 내 안에 몸을 숨겼다* 파울첼란의
두 줄 시를 읊는다 슬픔의 열 손가락이 세상을 덮는다
더 이상 당신의 눈을 덮을 눈이 내리지 않는다 내 안
(眼)의 동굴이 아득하다 아늑하다

블루 십자가 1

(바다 위에 배가 있고 배 위에 자전거가 있고 자전거 위에 내가 있다 내 위에 바다가 있었고 배가 있었고 자전거가 있었고 내가 있었는데 보이지 않는다 순전히 내 눈이 피곤한 건가)

바다가 *여기에* 다시 오지 않을 나에게 편지를 보내요 나는 편지를 펼치지 못하고 가슴에 박힌 못들을 빼내 장승처럼 그 곁에 세워둬요 바다의 물거품이 되어 사라지고 싶은 나의 격정이 화석이 되어 바다의 심장을 껴안아요 바다의 깊이를 알고 싶어 나는 고통스럽게 편지를 만지작거려요 편지가 낡아지면 연민의 성으로 들어갈 수 있나요 *여기에서* 바다가 적막의 파도소리를, 나의 참회를 듣고 있어요 떠나가는 길뿐인 내 어깨너머의 세상이 나를 봐요 발자국 속으로 스미던 망설임과 함께 나의 못들이 상여를 매고 다시 가슴으로 들어와요 죽은 바다의 휘파람이 송가의 벽을 두르고 있어요 나는 피 흘리지 않고 언제나 *여기* 기억이 없는 바다의 계시를 망설임 없이 읽고 있어요

블루 십자가 2

　허공에 지문 없는 숨소리가 스크래치를 낸다 너를 쫓아가지 않을 거야 / 너는 꿈속에 우연히 생긴 정거장이고 / 막 쓴 초고를 사랑하는 나비일 뿐이야 집착의 골목길을 돌고 돌다 남겨진 공백의 문장이 해의 서랍 속으로 들어간다 머무르지도 않을 거야 / 너는 한계의 다리가 잘린 의자니까 / 어둠만 한 구름을 자기 손수건처럼 건네주니까 / 구석에다 지금의 그림자를 던질 거야 에필로그는 없다 너는 더러워진 안개의 잠옷이야 / 사다리 같은 바다야 / 불안의 식탁을 바라보는 긴 창일 뿐이야 수신불가의 시간이 떠돈다 이른 弔詞가 꽃망울을 터트린다 소문의 줄기가 무성하다 돌아눕지 마 너는 무거운 비눗방울이야 / 들숨 날숨 없는 놀이터야 / 오류의 이파리들을 보고 있니? / 신호등 검은 불빛이 네 빗으로 남아 있니?

거울 속의 자장가

　씨방이 푸른 잎에 싸여 있는 사과를 당신에게 보여주었지 이 세상에는 사라진 게 많이 있구나 당신이 말했지 노란 의자를 타고 좁은 골목과 멋진 풍경 사이를 쏜살같이 달렸지 안개에 쌓인 바다에 다다르자 以前 以後가 파도에 밀려갔지 두려웠지만 두 팔을 벌리고 우리는 사랑의 물결이라고 노래했지 수만 개의 열쇠같이 내내 달그락거렸지

　당신과 나를 비추는 거울은 편지하우스 스토리가 이어지지 않는 긴 편지였지 누군가 내 머리를 세차게 밀치는 것 같은 순간 더 잘 보이는 숲이었지 엎드려 울고 있는 당신을 안아주자 당신 얼굴이 아기 피부처럼 맑아졌지 당신을 위로하는 나는 내 애인이었지 시간을 심어놓은 화분에 물을 주는 내가 낯설지 않았지

　고무다리 같은 어둠이 나를 끌고 다녔지 오십 미터만 가면 다시 서너 번 가면 내 침대가 있을 거라고 이를 악물었지 더러운 비닐봉지에 담긴 뼛가루가 거울 밖으로

쏟아졌지 유골을 찾으면 상을 받는다는데 상을 받는 거
울을 난 비추지 못했지 지금 거울 속 당신은 어린아이
지 당신이 신발에 들어간 모래를 어떻게 털어내는지 나
는 보고 있지

새벽 산

내게 거짓말을 한 적 없으므로 믿을 수 없는 당신
폭포수 같은 시선을 간직해도 골짜기는 잠잠하다
당신이 있어 난 이르게 태어나기만 거듭했을 뿐이지만
나락의 꿈은 내 발의 종적을 감춘다
빗장으로 만든 문이 산을 보게 한 것이므로
살찐 내 발과도 같은 당신만 부지런히 오르시길
지워지는 산과 지워지지 않는 산 함께 나를 따라오기를
안개 바람과 싸우던 길을 향해 돌멩이를 던져보지만
돌멩이보다 작아져버린 내 당신, 모든 당신
내가 삼킨 거짓말을 찾지 못할 것이므로
당신의 산은 나를 가릴 수 없다
어깨춤 절로 추게 만들던 녹음방초 그리움조차 먼 하늘

안부

신이 퍼트린 소문이 기쁨이라 해도 궁금해하겠습니다
웃음의 장부로 출입하는 문이 이 땅 위에 있다는 생각은
내 눈동자 목록에서 지워진 나를 찾게 합니다
우리는 서로의 손이 아닌
누군가의 썩어가는 손목을 잡고 걸었을 뿐입니다
시간의 바퀴가 단풍 노숙자를 쉬지 않고 몰아냅니다
어느 누구의 가슴에도 甁 속의 산이 있다고
가을이 내게 말합니다
눈 코 입 달린 밥알 수북한 밥그릇 앞에서
살과 피의 만찬은 저 홀로 추웠습니다
구원은 글자가 떨어져나간 간판 같아 읽을 수 없었지만
새로 돋는 잎이 싫어 울던 꿈속에서 난 행복했던 것
같습니다

수미산

1

나는 꽃밭에 있네 그림자의 신발을 신고 누워 있네 그가 물을 주러 오네 오늘은 누구와도 다투지 않네 그림자의 신발을 신고 누워 있네 그가 물을 주러 오네 오늘은 누구와도 다투지 않네 나는 꽃밭에 있네 꽃들에게 물가시가 박히네 꽃들이 터지고 검은 물이 차오르네 오늘도 누구와 다투지 않네

2

집은 너무 환하네 벽과 벽이 투명하게 나를 비추네 상가 행거에 걸린 옷처럼 나는 누군가에게 팔려야 할 것 같네 어머니 젖꼭지는 깨진 백열등 같네 집 밖에 구들이 있네 바람이 불을 넣어 구들을 덥히네 나는 장독대 햇살 이듯 길을 안고 있네 따뜻하고 시원하네 길은 배가 부르네 아랫목에 앉힐 어머니가 필요하네

3

남편이 죽었다고 하네 발을 구르며 우네 달려가네 장

례를 치러야 한다고 하네 이상하네 남편의 얼굴을 확인
한 기억이 없네 시체 냉동 안치소에서 남편을 꺼내네
손목 발목이 잘려 있네 남편의 얼굴이…… 보이네 투명
하네 얼굴 속 얼굴이 움직이네 구름의 얼굴이네

   4

  병풍거울이 펼쳐 있네 아홉 개의 해가 아홉 개의 정원
을 비추네 어둠이 병풍을 접으면 해는 병풍을 다시 펴
네 해도 어둠도 끝나려 하지 않네 펴지지 않는 새 한 마
리가 그 속을 지치지 않고 도네 하루는 내가 그린 그림
이네 바람을 닦는 나뭇잎 손이 거칠어지네

그늘 연못

하늘 없이 비가 오고 바람이 분다
마음 하나 지키는 일에 온통 녹음이 되어버린
한 그루의 나무
낮게 깔리는 그늘 속으로 점점 빠져든다
배란기의 부푼 젖가슴을 나무에게 물린다
고요가 나를 증발시킨다
빈 둥지를 품고 어둠이 짙어진다
달빛이 희디흰 물고기가 되어 헤엄친다
나뭇잎들 각기 다른 신음으로 물결을 만든다

양팔저울

단발머리 곱사등이 여자가 자리를 편다
전철이 끊길 시각 노란 안전선도 급해 보이는데
무릎을 꿇고 스무 개쯤 양팔저울을 내놓는다
저울 양팔에 달려 있는 원형과 삼각형의 추
서로 다른 모양이 같은 무게로 매달려 있다
여자가 한 개도 빠트리지 않고 흔들어준다
신호음과 함께 전철이 홈으로 들어온다
내 가슴에서 죽은 새를 꺼낸다
내게 기울기가 생긴다
여자가 양팔저울을 계속 흔들어준다
기울지 않는 무게가 지루하지 않게 움직인다

삼육동 호수 1

붉지도 푸르지도 않은 산등성이를 바라보며

그림자를 무명이불인 양 덮고 있다

날마다 신의 창을 깨고 걸어가도

죽음은 왜 끝이 아닌지 누구도 대답해주지 않는다

리코더로 찬송가를 연주하는 소녀의 손가락을 태우고
싶다

그녀가 가쁜 숨을 고를 때마다

비단잉어들이 물결의 빗장을 풀고 산등성이를 오른다

나뭇잎들이 떨어진다

떠나갈 곳 먼데 돌아갈 곳 없는 발자국들을 지운다

바람 소리 하나하나를 낙엽이 짚어낸다

이 틈들과 대결이다, 사각 링의 수면이 나를 불러들인다

삼육동 호수 2

　물속으로 긴 복도가 나 있다 사람들이 줄줄이 나를 따라 걸어 들어온다 다들 누굴까 난민처럼 앞서거니 뒤서거니 하는데 복도가 점점 길어진다 사람들이 물 벽 속으로 스며든다 순간 내 팔다리가 살짝 굳는다 나를 끌어당기는 물의 힘으로부터 나는 도망친다 물은 자신을 망각 중인가 그 소란이 있었는데 너무 잔잔하다 구름 없는 하늘만 무표정할 뿐 소나무 이팝나무 벚나무 모두 물이 내미는 사진기에 포즈를 취하며 한껏 부푼다 물속으로 뿌리가 닿아 있는 소나무 허리를 펼 수 없다 소금쟁이 잉어 오리 등허리 굽을 때까지 살 것 같은 물 위에서 시간과 노닥인 적 없는 바람이 피어난다

즉석사진

내장산 대웅전 앞
〈즉석사진〉 완장을 두른 노인
비가 내리는 경내를 바라보는 눈이 대웅전 같다
제 몸에 초점을 맞춘 적 없이 늙어버린 렌즈 속으로
단풍이 진다 단풍 아닌 발자국이 없다
체온을 급강하시켜 나는 서레봉 밑자락에 달라붙는다
어떤 써레질에도 흩어지지 않을 둔덕에
채석강의 한 켜를 무너뜨려 단풍나무 한 그루 빚어본다
가지들이 공포(貢包)가 되어 가슴처마를 받쳐준다
즉석사진으로 나를 떨군 단풍나무가
서레봉을 넘어간다

환선굴(換仙窟)

어둠에서 태어난 의자가
수만 년을 기다리다가
나를 앉힌다
어둠 속에서는 모든 것이 함께 가므로
박쥐들의 뼈가 나를 밟기도 한다
물길 하나가 허리를 동여매고
내 뒤에서 우는 주검들을 돌아다본다
곳곳 이 못물들은 낯설지 않다
나 처음 태어난 곳이 이곳이라 해도 서럽지 않을 것이다
나무 그림자 한번 비춰보지 못한 물길이
나 죽으면 장사 지내줄 것이다
그런데
이리 큰 동굴을 갖고도 산은 왜 무너지지 않는지

기러기 농장

아침 안개 가시기 전에 기러기들이 먹이를 쫓아 움직
인다
폐빵과 콩 찌꺼기로 만든 사료에서 강물 소리 들린다
할아버지 뒷모습 같은 버들가지 휘휘 뒷짐을 지고 따
라온다
가야산 자락 폐가를 보며 농장을 구상했다는 남 회장
도 다리를 전다
열세 명, 성하지 않은 목숨이지만 냉이꽃같이 피어 있다

기러기 팝니다, 글씨도 나무 팻말도 삐뚤어져 있다
수거해온 빈 병들 사이로 햇살도 재활용인 양 놓여 있다
보름달이 사람들은 기러기도 먹느냐고 물어올 때마다
버려진 냉장고가 전원을 켜고 모터를 돌린다

산을 넘지 못하는 기러기들 대신 산자락이 놀러 온다
기러기가 알을 낳는 왕겨 깔린 폐타이어 위에 신입 최
씨가 앉는다
계좌번호 한번 가져본 적 없는 그이지만

저 하늘로 돌아갈 때는 일가를 이뤄 V 자를 흔들고 싶
을지도

　바닥에 떨어진 깃털 서너 개 훈장처럼 최씨에게 달라
붙는다

비둘기

비둘기 두 마리가 옥상 난간 서로 다른 변에 앉아 있
다 난타당하듯 비를 맞으며 다른 풍경을 보고 있다 연
출하는 걸까 원래 알지 못하는 사이일까 빗줄기가 쉬지
않고 말줄임표를 흘리며 저들을 공유하고 있다

그만두지못해그만두지못해그만두지못하겠어
문이옅어지는날
살속에박힌손톱들이만져지는날
사라진방위를향해무작정허리굽혀절하고싶은날
너무빡빡해잡을데가없어참변인지난관인지모르겠어
시멘트굳어가는냄새가몸에서나는날
그리고또그리고또……
다가오지않는하루와이별하는숨소리가더크게들리는날

제 시선에 붙잡혀 날아가지 못하는 비둘기가 내 방의
토사물을 보고 있다 되돌아가도 마주칠 얼굴 없는 하늘
의 골목들이 비에 휩쓸리고 있다 ……그래도 젖지 않는
네 심장은 누가 감싸나

床

　상에 묻은 지문이 손으로 문질러도 지워지지 않았다
술에 취해 가게 주인에게 세제를 달라고 소리쳤다 마지
막 니스 칠을 하기 전에 없애지 못한 누군가의 실수 거
품을 내도 없앨 수 없는 지문 하나에 지워지지 않는 건
원죄라며 울었다 잘 닦인 상 위로 던질 돌멩이가 내 손
안에서 부서지고 있었다

가위

'깨지지 않는 아름다움' 코렐이 박살 난다 집을 나온다 친정에 가도 침대가 거센 파도에 묻혀 있다 반짇고리에서 재단 가위를 꺼낸다 젖먹이마냥 옆에 누인다 마음이 조금 가라앉는다 내 얼굴에 구멍을 내고 싶은데 벌려진 가윗날이 좁혀지지 않는다 거실에서 쏵쏵, 소리가 들린다 고추씨를 심어놓은 스티로폼 상자에 어머니가 분무기로 물을 주신다 조심스레 재단을 하실 때처럼 쏵쏵, 가위 소리를 내는 물소리가 나를 오린다 퀼트처럼 무늬가 맞지 않는 나를 돌려 쏵쏵, 쏵쏵, 이어준다 흙이 마르지 않도록 이리저리 새벽부터 물을 뿌리신다

떠다니는 길

엄마가 죽었으면 좋겠다고 딸이 현관문에서 소리를 지른다 아들은 시험 보는 날 지각을 한다 창밖을 보며 소나무야 소나무야 변하지 않는 네 빛, 노래를 부른다 엘리베이터도 주차장도 없는 가파른 아파트가 중력 없이 흔들린다 올라온 길의 반을 더 올라가야 누울 방이 있을까 내가 장사 지내준 죽음이 없어 나를 장사 지내 줄 죽음 또한 없는 걸까 바람의 말이 내 등을 토닥여준다 들을 수 없는 말이 있다는 것이 위로일까 계단 앞에 곰팡이가 난 곡식 폐지를 늘어놓으며 죄송합니다를 외던 지하층 할머니가 이사비용이 곧 나올 건데 왜 이사를 가느냐고 아는 척을 한다 떠나는 게 아니라 떠날 수 있다는 것을 확인하고 싶은 길 제 몸의 경사를 묻는 구름을 왜 그리 아파했는지

장마

늙은 아버지 종친회를 따라나섰던 봄날

네 어머니는 어디 가셨니

질문이 싫고 햇살이 싫어 점심도 굶고 꽃잎들만 따 먹
었다

그 봄날까지 잃어버리고

나는 등 뒤의 수건처럼 남겨져 있다

내가 낳은 적 있는

새끼 고양이 울음소리가 들린다

고양이 혓바닥처럼 허공을 핥는 비

비가 내려도 지지 않는 내 꽃잎들을 따라간다

멀지 않은 곳에

내 안에 들어와 계시는 사이보그 어머니, 살고 또 살고 영원히 살아요 우리의 관을 만들고 있는 시간이 아버지라 해도 욕하지 말아요 아버지 눈 속에 없는 난 고통스럽지 않아요 난 써버린 슬픔˙일까요 비둘기와 비둘기 발톱에 끼여 날고 있는 까만 비닐봉지가 함께 부풀어 올라요 날아다닐 이유가 없는 숨결들이 토해내는 거대한 쓰레기장이 내 기억의 석기시대예요 어머니, 마을버스와 오토바이와 좁은 골목 삼중 충돌 속에서 웃으며 나를 바라보고 있는 아버지를 봤어요 내 몸에서 탄내가 났어요 아버지를 미워 마세요 어머니, 아버지가 어머니를 향해 던진 가위보다도 어머니는 더 오래 사시잖아요 어머니가 떠날까 봐 가끔은 두려워요 어머니가 낳은 내 어머니 내 사이보그 어머니, 멀지 않은 곳에서 아버지는 늘 아름다운 근육을 갖고 있으니 우리 함께 아버지 심장도 새로 만들어요 상어 이빨 은행나무 사뮈엘 베케트 사이렌의 요정 무얼 갖고 올까요

• 조에 부스케의 『달몰이』에서.

당신은

지금 닻줄을 풀지 못하는 당신은 잘못된 선물, 나는 빈 그물을 들고 어느 물결을 빌려와야 그 선물을 풀 수 있는지 알지 못하고 우연에 기대지 않아도 당신이 나를 안아줄 거라 생각하지만 당신의 눈시울은 나의 잃어버린 피, 당신의 선물은 죄가 없다 바다가 숨긴 나비를 위해 전쟁의 소식을 듣는 귀여, 복된 의심으로 목이 달아나도 겁내지 말기를 내 발목의 사슬에 입을 맞추는 당신이 있기에 벌에 가까운 기다림은 고백을 찾지 않는다 당신은 산을 품은 한 마리 물고기, 녹음의 빛이 지운 빛 때문에 길을 잃지만 경계는 당신의 몫이 아니다 바늘구멍 속으로 배 한 척이 들어간다 빛의 물살을 헤치는 당신의 부레는 푸르러서 내 침묵의 구애를 받는다 풍랑은 아귀들의 초라한 잔치 뼈와 살이 재의 파도가 된다 바다 위를 걸었던 당신의 약속은 사랑보다 신비에 가깝지만 노을에 빗대어 슬픔을 부풀리지 않는 당신은 여기의 축복, 배가 고플 때마다 나는 당신의 머리카락을 잘라먹지만 당신의 순수는 더 이상 화(禍)의 서문을 기억하지 않는다 침묵보다 차가운 열기로 당신은 홀로 걷는다

길고도 먼 잠의 모든 명분은 지독하여도 당신은 시간
속의 누구도 탓하지 않는다

2월에 빛나는 것

우리들이라고 했다
검은 돌덩이를 배달 받은 적 있다 돌에 새겨진 무의식
이라는 난센스, 그 매혹

쓰러진 아름드리나무
겁이 나다와 꿈꾸다 사이로 쪼그라든 열매들 설레다

나는 너에게 '간격'이란 꽃을 선물했다
습관의 力은 자라난다

이별
"그래" 가고 "그래" 오는 길
내가 달릴 때 좀 쉬라고 재촉하던 숨의 정거장이 우뚝
하니 남아 있다

나란히 서 있는 돌기둥 두 개
엇비슷한 집착을 가졌는지 궁금하다

누가 받아도 상관없었다

바람, 내 먹이사슬을 따라가는 한 통의 편지

圓

아버지의 관은 둥글다

슬픔이 길을 잃는다

독백과 대화의 틈이 보이지 않는다

지름의 축이 되어 부는 바람이 단단하다

깃털 단상

동에서 서가 멀지 않아
무의식에서 난파당한 글자로 초대장을 만들어
표류하는 주어를 따라가는 마라토너의 숨결이 차가워

구름은 착란의 간이의자야
피장파장의 헛웃음이 파이널의 언덕을 끌고 가
상상력에 빚진 것 없는 눈물이 앞으로, 앞으로

빌려온 심장의 아우라가 필요해
탈출의 화살표를 믿을까 비명의 도식을 만들까
혼잣말은 그만 Oh, Lord, 밤이 올 수 없잖아

이미지의 골목

(오늘 어디선가에 내 결혼식이 있다 냉장고가 주저앉
는다)

여기엔 반성하는 가면(빌려온 언덕의 신경으로 뜨개질해서 만
든)이 없지 않다
자족하는 그림자('그럼 뭐지?' 의 긴 목덜미)가 없지 않다
무시당하는 새(전생의 전당포에 맡겨진 시나리오)가 없지 않다

(손의 유통기한을 알려드릴까요)
(꿈의 동사로 막힌 배수구에 대한 보상을 일일이 하
겠다니요)

연상할 단어가 없으므로…… (없음의 장터가 비어 있다) 기
대할 메시지가 없으므로…… (없음의 유희 속으로 쉿! 가만히)
연결할 질문이 없으므로…… (없음의 교란은 계속되어갈 것이다)

과태료를 부과한 미소들의 고공 행진이 한기를 뚫고
간다

늙은 팩트는 병이다, 병이 아니다, 배경이다, 배경이
아니다

숨과 숨의 거래가 없지 않다 순간의 지렛대를 이용한
다 이용하지 않는다

기계의 봄

회전문에 갇힌 개 같아

지루한 농성처럼 네가 부담스러워

어쩌다 주인 손을 놓쳤는지

그 오작동을 수십 가지로 설명하는

네 낯이 당황스러워

묻지도 따지지도 않고 드는 보험같이 너는

이생에서는 버림받지 않을 보장의 넋을 위하여

치어스를 외치며

허공의 자기소개서를 줄줄 잘도 외고 있구나

(눈을 가리고 하염없이 지는 꽃잎을 보았지

우연의 끝과 마주했던가)

각설이의 밥그릇 너는

미필적 고의의 반쪽 얼굴

잘려진 은유의 밑동 너는

긁어 피를 내는 무덤 속 알레르기

(싹으로 무장해도 늘 가려운 거니?)

네 망상의 on, off가 어느덧 내 신앙이 되어가는구나!

꿈이 아니어도 좋아라

안경을 쓴 의사의 눈동자가 차분하게 내가 죽을 거라고 한다 하나 둘 셋 죽음이 내게 최면을 건다 내가 날아다니는 仙한 풍경 찰랑거리는 찰나 잘나는 것이 잘 떨어지는 것이라는 내 멋진 착지에 대해 죽음에게 말할까 내 죽음이 알지 못하는 설렘을 난 알고 있다

편지를 받았는데 읽으려는 순간 글씨가 허물어진다 읽을 수 없는 편지는 Who are you라는 물음표가 사라진 질문 누가 보낸지 잊어버린 편지 저 구름이 내 답장이라는 거짓말이 찢어진다 천둥 번개 삼세번 누구라도 위엄 있게 사라지는 축복을!

윈도우 안 조각상이 나를 부른다 한 허리 위로 똑같은 눈 코 입을 가진 수의 입은 두 사람 뒷사람이 앞사람의 목에 칼을 들이대고 있다 내 허리가 꿈틀거린다 "난 아니야" 소리친다 내 옷에는 저들과 똑같은 줄무늬가 없다

이름이 불리는 순간

풀들의 그림자를 정리할 수 없어요 (어지럽다 내 머리에 수백 개의 바람개비가 꽂혀 돌아간다 어디서 바람이 불어오는 건지 알 수 없다 방 안이 착착 나뉜다 많아진 벽과 벽 사이로 수십 개의 도로가 교차한다 경적이 울린다 차가 전복된다 어젯밤 꿈이 죽는다 내 입술과 볼을 처음 만지는 네가 놀라 나를 밀친다) **매일 도색하는 문이 어색하지 않아요** (그대 불안이 만져진다 그대 불안과 긴 입맞춤을 한다 그대의 불안과 먼저 사랑을 한다 매번 삼십 분 늦게 오는 그대) **아득히 먼, 먼지의 퍼레이드가 보여요** (죽은 물고기의 땅 기억이 닿지 못하는 이십 년 십 년 어제 오늘 나를 피할 고백이 없다 나를 덮는 비늘들 지금부터 지금까지 찢어진 물고기들의 치장을 해줘야 하나) **'그리고 또'가 사라져요** (고요의 꽃밭을 따라가는 하늘 곁을 지킬게, 나무의 심장 속에 스타트 라인이 있다고 생각할게)

오필리아의 노래

이경수 · 문학평론가

불협화음

말끔하게 정돈된 화음이 만들어내는 아름다움에 우리의 귀는 대개 길들여져 있다. 익숙한 것에 대한 반란에서부터 현대적인 것이 시작되었다고 볼 때 현대음악이 화성악을 부정하며 다양한 형태의 불협화음을 창안해낸 것은 어찌 보면 필연에 가깝다. 쇤베르크의 피아노 협주곡을 처음 들으면 누구나 불편함을 느낀다. '무조성'이니 '12음 기법'이니 하는 말을 이론적으로 들어서 알고 있다 하더라도 우리의 감각은 그의 음악에 쉽게 귀를 열어주지는 않는다. 적지 않은 사람들이 그의 음악을 끝까지 듣는 것을 포기하거나 다시 찾아 듣지 않을 것이다. 우리의 감각은 대개 익숙한 것에서 평온함과 안정감을 느끼고 익숙하지 않은 것에서 불편함과 불안감을 느낀다. 미지의 것이 자아내는 불안과 공포 앞에서 대부분은 그것을 밀어내거나 그로부터 달아나버린다. 불편함을 견디며 계속 그의 음악을 듣다 보면 불편한 것을 감지하는 새로운 감각이 훈련되고 마침내 새로운 세상과 만나게 되겠지만, 그 경계를 넘어가는 것이 쉬운 일은 아니다.

박도희의 시집을 읽는 독자들도 비슷한 불편함을 느낄지도 모른다. 그녀의 첫 시집은 불협화음으로 가득하다. 논리적인 언어로 그녀의 시를 풀어쓰거나 번역하기란 쉽지 않다. 그녀의 시는 우리가 익숙하게 알고 있는 시의 문법을 단번에 무너뜨린다. 혼란스럽고 정돈되지 않은 여러 갈래의 '타인의 말'이 예고 없이 출현하는 그녀의 시는 분석의 충동을 무력화한다. 그야말로 '내 귀의 전성시대'다. 내 귀로 무수히 흘러드는 타인의 말을 내 마음대로 기술할 테니 독자 여러분도 마음대로 읽어달라고 말하는 듯하다. 마치 클로즈업된 무수한 귀들이 보이는 듯하다. 쇤베르크가 그랬듯이 그녀의 불협화음은 애초에 협화음으로 돌아올 생각이 없다. 그러니 그녀의 시를 읽기 위해 우리는 먼저 우리의 무의식과 대면할 수 있는 용기를 지녀야 할 것이다. 내 안에서 웅웅대는 무수한 '타인의 말'을 정면으로 응시할 준비가 되어 있다면 이제 그녀의 시집을 펼쳐보자.

꿈, 슬픈 광기의 언어

　그녀의 시는 꿈의 언어를 닮았다. 꿈의 언어가 그렇듯이 비논리적이고 불연속적인 언어와 이미지들이 박도희의 시에는 예고 없이 출몰한다. 현실과 비현실이 경계 없이 섞이고 서로 넘나드는가 하면 문장과 문장, 시행과 시행, 연과 연이 두려움 없이 비약한다. 그녀의 "발길에는 서사가 없다"(「사흘간의 다운로드 2—END」). 꿈의 언어를 연상시키는 그녀의 시는 이성의 영역을 벗어난 자리에서 형성된다는 점에서 광기의 언어로 이루어졌다고 말할 수 있다. 그녀가 들려주는 광기의 언어는 한없는 슬픔을 저장해두고 있다.

　　하늘 아래 거칠게 덧댄 네 죽음이

　　부드러운 중력이 되어 흩어진다

　　공중은 드레스를 입은 여인의 관(棺)

　　네 정원에서는 무엇이 보이는지 보이지 않는지

　　춤의 안무가 이어지지 않는다

　　네 숨소리는 다시 다가올 나의 축제

　　비밀의 신기루를 이해하고 있다

　　불안의 장막을 걷어낼 편지는 없다

　　네 심장으로 인해 모든 말은 이미지이므로

나의 발길에는 서사가 없다

　변주의 덫에 걸려 내 눈동자가 사라지고 있다

—「사흘간의 다운로드 2—END」 전문

　"춤의 안무가 이어지지 않"듯 시적 논리도 잘 이어지지 않는다. 박도희의 시가 구사하는 "모든 말은 이미지이므로" 시의 "발길에는 서사가 없다". 이 시를 관통하는 이미지가 있다면 그것은 '너의 죽음'이다. 그런데 "네 죽음"은 무덤에 묻히기를 거부한다. "부드러운 중력이 되어 흩어진" 죽음이므로 따로 관에 가두거나 무덤을 쓸 수 없다. 공중이 "드레스를 입은 여인의 관(棺)"이 되는 까닭은 여기에 있다. "내 눈동자"는 오로지 너만을 보고 있다. "네 정원에서" "무엇이 보이는지 보이지 않는지" 눈여겨보며 "내 눈동자"는 "네 숨소리"와 "네 심장"을 향하고 있다. 그러므로 "네 죽음"으로 네가 부드러운 중력이 되어 흩어지고 나면 "내 눈동자"도 사라질밖에.

　「사흘간의 다운로드」 연작시는 하나같이 현실과 비현실을 가로지르는 시간을 꿈을 닮은 무의식의 언어로 그리고 있다. 이 연작시에 공통적으로 흐르는 분위기가 있다면 그것은 꿈의 언어들로 그려지고 있다는 점이다. 사흘간의 다운로드에서 느껴지는 것은 무력감이다. 버퍼링이 걸려 좀처럼 속도를 내지 못하는 상황, 몸을 가누지 못할 만큼의 슬픔에 겨워 무너져버린 무기력한 몸. 슬픔이 차올라 빚어내는 광기의 언어처럼, 사흘간 계속되는 느리고 답답한 다운로드처럼 박도희의 시는 우울하다.

봉변이라는 느낌을 지울 수 없는 결혼이 어떻게 시가 되나 어머니가 태어나기도 전에 난 어머니와 결혼했는데 어머니가 죽어도 어머니의 새 아내가 나를 낳을까 봐 두려운데 (어머니 우리 어머니 왜 내 눈에만 보이는 어머니의 자식들이 있나요) 때론 영원한 과부처럼 느껴지기도 하는데…… 나는 어머니와 이혼하고 싶지만 하늘이 베푸는 구원은 의심의 뇌우를 피해간다 슬픔의 뿌리가 빠르게 잠식해도 잉태된 열매만으로도 배부른 가지를 베어내지 못한다 예정의 풀밭은 푸르다 어머니의 울타리 안에서 감자를 깎던 칼로 제 손목을 긋고 부엌에 쓰러진다는 설정은 사생아들의 낙서일 뿐 (바닥에 고인 피 말라붙은 피가 가루가 되어 먼지 속에 스며듭니다) (미안해 정말 미안합니다 나는 미안해란 말을 거꾸로 매달고 채찍을 가한다) 어머니의 품위가 세공한 나의 품위가 헛웃음의 앰뷸런스를 타고 무기징역의 감옥 안을 질주한다 (어머니의 팬티가 벗겨지지 않아요 찢어지지도 않아요 어머니 팬티에 부적같이 뭘 적어놨나 봐요 어머니도 나도 아무래도 좋지만요) 열린 적도 닫힌 적도 없는 심장을 꺼내놔야 하는 한낮의 적요 이심전심의 현실이 기다릴 적은 영원히 없다 (……그러나 고뇌의 옥상에서 어머니는 여전히 꽃을 가꾸십니다 그 꽃들을 나의 동생이라고 말씀하십니다 (어머니, 난 언제나 알지 못하는 동생이 부담스러웠어요 나를 어디서나 보고 있을 것 같은 동생 누가 그 동생을 놀릴까 봐 불안했어요 아버지에 대한 그리움보다 더, 더) 이름 없는 동생들이 사는 내일이 찾아옵니다 새로 피고 지는 꽃의 지평을 상대로 어머니의 시가 어수선합니다……)

—「사흘간의 다운로드 5—어머니」 전문

그녀의 시적 주체를 이토록 슬픈 광기에 사로잡히게 하는 원인은 "봉변이라는 느낌을 지울 수 없는" 잘못된 결혼에서 기인하는 듯 보인다. 그리고 그것은 어머니와 운명적으로 연결되어 있다. "어머니가 태어나기 전에 난 어머니와 결혼했"다는 말이나 "어머니가 죽어도 어머니의 새 아내가 나를 낳을까 봐" 두렵다는 말은 운명처럼 맺어진 어머니와의 지독한 인연을 드러내기 위함이다. '나'의 상처는 대개 어머니로부터 기원한다. 어머니와 이혼하고 싶지만 그런 시적 주체가 할 수 있는 선택은 "감자를 깎던 칼로 제 손목을 긋"는 자해이거나 미안해하는 어머니의 죄책감을 향한 가학 행위뿐이다. 이 시에

깔려 있는 근친상간의 상상력은 시적 주체의 아픔이 어머니로부터 연유하며 어머니와 깊이 연루되어 있는 것임을 짐작케 해준다. 고뇌의 옥상에서 어머니가 여전히 가꾸고 있는 꽃은 박도희의 시가 솟아나는 자리이기도 할 것이다. 어머니의 아픔과 나의 불안을 먹고 자라는 꽃이 박도희의 시이다. 그러므로 그녀의 시는 어수선하다.

1

나는 꽃밭에 있네 그림자의 신발을 신고 누워 있네 그가 물을 주러 오네 오늘은 누구와도 다투지 않네 그림자의 신발을 신고 누워 있네 그가 물을 주러 오네 오늘은 누구와도 다투지 않네 나는 꽃밭에 있네 꽃들에게 물가시가 박히네 꽃들이 터지고 검은 물이 차오르네 오늘도 누구와 다투지 않네

2

집은 너무 환하네 벽과 벽이 투명하게 나를 비추네 상가 행거에 걸린 옷처럼 나는 누군가에게 팔려야 할 것 같네 어머니 젖꼭지는 깨진 백열등 같네 집 밖에 구들이 있네 바람이 불을 넣어 구들을 덥히네 나는 장독대 햇살 이듯 길을 안고 있네 따뜻하고 시원하네 길은 배가 부르네 아랫목에 앉힐 어머니가 필요하네

3

남편이 죽었다고 하네 발을 구르며 우네 달려가네 장례를
치러야 한다고 하네 이상하네 남편의 얼굴을 확인한 기억이
없네 시체 냉동 안치소에서 남편을 꺼내네 손목 발목이 잘려
있네 남편의 얼굴이…… 보이네 투명하네 얼굴 속 얼굴이 움
직이네 구름의 얼굴이네

4

병풍거울이 펼쳐 있네 아홉 개의 해가 아홉 개의 정원을
비추네 어둠이 병풍을 접으면 해는 병풍을 다시 펴네 해도
어둠도 끝나려 하지 않네 펴지지 않는 새 한 마리가 그 속을
지치지 않고 도네 하루는 내가 그린 그림이네 바람을 닦는
나뭇잎 손이 거칠어지네

—「수미산」 전문

수미산은 불교의 우주관에서 우주의 중심에 있다고
전해지는 상상의 산이다. 세상은 아홉 산과 여덟 바다
가 겹쳐져 있는데 그중 가장 높은 산이 수미산이다. 황
금, 은, 유리, 수정으로 이루어져 있다는 수미산의 정상
에는 제석천의 궁전이 있고 중턱에는 사천왕의 거처가
있는데, 수미산의 외측 사방에 인간이 사는 섬부주·승
신주·우화주·구로주 등의 4대주가 있고, 그중 섬부주

밑에 8한 8열의 지옥이 있다고 한다. 우주의 중심에 있다는 수미산을 정점으로 세계의 기본 단위인 하나의 세계가 형성된다는 것이다.

우주의 중심에 있다는 상상의 수미산이 박도희의 시에서는 병풍거울이 펼쳐져 있는 비현실의 공간으로 그려진다. "아홉 개의 해가 아홉 개의 정원을 비추"는 그곳에는 "지치지 않고" 그 속을 도는 "새 한 마리"가 있다. 아마도 저 새는 시인의 분신일 것이다. 네 개의 부분으로 나뉘어진 시의 첫 부분에서 '나'는 꽃밭에 그림자의 신발을 신고 누워 있다. 꽃밭에 누워 있는 화자, 더구나 그림자의 신발을 신고 누워 있는 화자의 모습은 몽환적인 분위기를 형성한다. "나는 꽃밭에 있네 그림자의 신발을 신고 누워 있네 그가 물을 주러 오네 오늘은 누구와도 다투지 않네"라는 네 개의 문장이 조금씩 변주되며 반복되면서 몽환적인 분위기를 형성하는 데 기여하고 있다. 반복에서 벗어난 예외적인 문장은 "꽃들에게 물가시가 박히네 꽃들이 터지고 검은 물이 차오르네" 이 두 문장뿐이다. 꽃들이 터지고 검은 물이 차오르는 장면은 비현실적이다. 현실과 비현실의 경계를 가로지르며 환상의 풍경이 펼쳐진다.

두 번째 부분에서는 "벽과 벽이 투명하게 나를 비추"는 환한 집이 현실인 듯 환상인 듯 그려진다. 과거의 기억

속 집으로 소환되는 것은 '나'와 어머니이다. 하지만 "어머니 젖꼭지"는 더 이상 따뜻한 기억으로 그려지지 않는다. 그것은 "깨진 백열등"처럼 훼손되어 있고 "아랫목에 앉힐 어머니가 필요하"다는 것으로 보아 어머니는 그곳에 부재한다.

세 번째 부분에서는 남편의 부고를 들은 고통스러운 기억이 그려지는데, 시체 냉동 안치소에서 남편의 얼굴을 확인하는 끔찍한 현실 뒤로는 현실의 것이 아닌 것 같은 장면이 이어진다. 손목 발목이 잘려진 절단의 상상력이 이어지고 이어 남편의 얼굴은 투명해진다. 얼굴 속 얼굴이 구름의 얼굴이 되는 환상의 장면은 지옥과 맞닿아 있는 한 세계, 우주의 중심인 수미산에 대한 표상으로도 읽을 수 있겠다.

네 번째 부분에서는 다시 현실과 비현실의 경계에 존재하는 주름들에 대한 비유가 병풍을 통해 펼쳐진다. 병풍거울의 표상은 여러 겹의 현실과 환상이 공존하는 다층적인 세계에 대한 탁월한 비유이다. 아홉 개의 해가 아홉 개의 정원을 비추는 그곳에서는 "어둠이 병풍을 접으면 해는 병풍을 다시 펴"는 아름다운 장면이 펼쳐지며 "해도 어둠도 끝나려 하지 않"는다. 그 속을 지치지도 않고 도는 "펴지지 않는 새 한 마리", 시인의 분신이 아름답고 슬프고 잔혹한, 현실 같기도 하고 현실이 아닌 것 같기도 한 세계를 펼쳐 보여준다.

환각, 손과 귀만 있는 몸

  박도희의 첫 시집에는 현실의 것이 아닌 장면이 자주 등장한다. 비현실은 꿈처럼 환각처럼 등장해 시적 주체의 무의식을 구조화한다. 1990년대 이후 여성 시인들의 시에서 절단의 상상력은 이미 익숙한 것이 되어버렸지만 박도희의 시는 좀더 무의식의 언어 가까이에 내려감으로써 슬픈 광기의 언어를 체현하고 있다.

  間을 엮어 줄을 만들고 벗어놓은 옷을 걸어두어요

  똑같은 望으로 똑같은 죽음을 덮고 있는 침대가 자주 보여요

  내 머리카락과 책들이 수치의 돌처럼 만져지고 공기의 리듬을 타는 책상 위 물컵은 말을 아끼라고 내게 강요하고 있어요

  超人鐘이 울린다 문을 천천히 열기 위해 좀 돌아가기로 한다

是是: "누구세요?"

非非: "나"

밥을 먹는 시간이 길어지면 사진 속 식구들이 웃을 거 같아

빈 자루 같던 방 안에 햇빛 사다리가 놓인다 A4 용지가 숨
처럼 부드러워진다 보이지 않는 나는 나랑 내기를 한다 누가
올까?

어떤 눈물들은 귓가에 碑가 되어 남겨지기도 해요

꿈이 해체되어 쯤쯤하게도 내 눈이 충혈되어 있지요
　　　　　　　　　　　—「사흘간의 다운로드 1—今」전문

「사흘간의 다운로드」 연작시를 읽으며 우리는 버퍼링
이 걸려서 좀처럼 흐르지 않는 한없이 느리거나 정지된
시간과 만나게 된다. 그 길고 지루한 무기력의 시간을
박도희의 시는 슬픔과 외로움의 시간으로 형상화해낸
다. 그녀의 시에서는 방 안의 풍경이 종종 그려지는데
이 시에서도 벗어놓은 옷을 걸어두는 "間을 엮어"만든
줄과 "똑같은 娑으로 똑같은 죽음을 덮고 있는 침대"가
등장한다. 옷걸이와 침대는 일상의 풍경처럼 보이지만

그것을 바라보고 있는 화자의 위치를 고려하면 그녀가 그리는 방 안의 풍경은 죽음 가까이에 있는 것처럼 보인다. 그녀의 화자는 버퍼링이 걸려 좀처럼 다운로드가 완료되지 않는 사흘간의 시간을 마냥 눕거나 웅크린 채 보내고 있는 무기력하고 외롭고 슬픈 화자이다. "내 머리카락과 책들이 수치의 돌처럼 만져지고" "책상 위 물컵은 말을 아끼라고 내게 강요하"는 감각은 오랫동안 혼자만의 시간을 보낸 이들에게서 포착되는 감각이다. 엎치락뒤치락 자신만을 들여다보며 생각을 곱씹기를 거듭하는 화자에게는 자신의 "머리카락과 책들이 수치의 돌처럼 만져"질 것이며 책상 위의 물컵 같은 사물들이 말을 걸어올 것이다. 집 안에만 갇혀 있는 화자의 집에 가끔 초인종이 울리기도 하지만 찾아오는 이는 '나'일 뿐이다. 화자는 바깥과 소통하기를 거부하고 자기 안에 두문불출 갇혀 있다. 식구들은 "사진 속"에 갇혀 있고 이따금 햇빛 사다리가 놓일 때만 "빈 자루 같던 방 안에" 밝고 따뜻한 기운이 들어온다. "보이지 않는 나는" "누가 올"지 "나랑 내기를 한다". 그녀가 만든 방 안이라는 세계에는 오로지 그녀만이 있을 뿐이다. "어떤 눈물들은 귓가에 碑가 되어 남겨지기도"할 정도로 귓가로 흘러내려 베개를 적신 눈물의 양이 많고 그런 까닭에 그녀의 "눈이 충혈되어 있지"만 화자는 그 슬픔으로부터 탈출하기를 거부한다. *"공중의 무거운 돌을 움직이려고 그 누구도 다가가지 않는다"*(「사흘간의 다운로드 4—잠자는 방」).

> 큰 방에 손만, 손들만 보인다
> 바닥을 기어 다니고 있다 손만 왜 이리 남았을까
>
> (손가락 하나와 손가락 하나가 가만히 닿는다)
>
> — 잡아도 되는가
> — 이젠 따뜻한가
>
> — 당신의 눈물 안에는 빈방이 너무 많이 갇혀 있어요
>
> 꿈이 잠들지 못하고 질문하는 새벽
> 누군가 듣고서 저 손을 높이 들어 흔들어주고 있다
>
> (손가락 하나와 손가락 하나가 가만히 닿는다)
>
> —「손」전문

'너무 많은 나'들의 세계에 갇혀 있는 박도희 시의 화자에게 환각이 보이는 것은 당연한 일인지도 모르겠다.

그녀의 시에선 신체의 일부가 확대되어 환각을 형성한다. "큰 방에 손만, 손들만 보인다". 손들은 "바닥을 기어 다니고 있다". 손만 남아 클로즈업되거나 손들이 바닥을 기어 다니는 환각은 그로테스크하다. 저 손들의 환각이 화자의 감각을 지배하는 까닭은 무엇일까. "손가락 하나와 손가락 하나가 가만히 닿는다"라는 괄호 속 문장의 반복으로 미루어보아 손에 대한 페티시즘은 화자의 지독한 외로움을 표상하는 기표로 읽어야 할 것이다. 손, 그중에서도 손의 끝에 위치한 손가락은 우리 몸에서 바깥을 향해 제일 가깝게 뻗어 있는 첨단으로 타인과 교감하고 소통할 수 있는 매개가 된다. "잡아도 되는가", "이젠 따뜻한가"라는 목소리에서 화자의 외로움과 소통에 대한 갈망이 감지된다. 눈물이 많아 잠들지 못하고 불면증에 시달리며 질문하는 새벽, 화자에게는 손들의 환각이 보인다.

……하여 변호의 울음소리를 들을 줄 알았는가 찢긴 그림자의 부피로 길을 만드는 어둠 속에서 ……하여 시작과 끝의 밑그림을 몸으로 간직한 멍울의 나무를 꿈의 푸르른 강물에 집어넣었는가 힘없는 비유 같은 이파리들은 어찌하려 했는가 ……하여 용서의 숲이 선택한 바람에게 말은 걸어봤는가 시간의 타래가 풀리고 있던가 새 명사를 바랐던가 ……하여

집착의 무게가 벽이 된 불협화음의 방이 피를 흘리던가 회오리치던 공중이 세차게 내던져지던 순간 생기는 복음에게 엎드리었는가 ……하여 종이처럼 얇아진 풍경 위로 내려앉는 바닥을 보았는가 전장(戰場)의 소문이 팔랑일 수 있던가 ……하여 다시 물로 변한 포도주를 마시는 잔치는 강박의 너울을 끌고 가던가 ……하여 시간의 손톱인 분노는 무엇으로 꺾이던가 스스로를 제물로 심었던가 통증은 거리의 분뇨로 남겨지던가 ……하여 한낮의 개집 같은 평안이 토해내는 뼈다귀의 세밀화를 하늘 낮은 땅의 구름은 숨기고 있었는가 ……하여 세월이 제 수심을 들쳐 업고 배 몇 척을 무성영화처럼 돌리었는가 바다 무릎과 사람 무릎의 깊이가 다르지 않더라고 짐작의 나날로 살아지던가 ……하여 밥그릇의 비밀이 소문처럼 넘겨지는 달력에 꽂은 창(槍)을 뽑지 않고 있었는가 누가 들고 나가 잃어버렸다고 투덜거리기도 했는가 ……하여 기름의 불꽃으로 몸을 적시었던가 그 색을 꺼내보기는 했는가 ……하여 사랑의 역사는 쓰였는가 혁명의 얼굴을 구할 문자는 구했는가 배고픈 물고기의 시편을 은둔의 성전에 갖다 바치었는가 떨어지던 비늘의 기억을 따라 심장 속 달이 헐떡거리면 환수할 게 있었던가

—「내 귀의 전성시대」 전문

이 시는 전체 23개의 문장으로 이루어져 있다. 그런

데 그중 '……하여'로 시작되는 문장이 11개나 된다. '……하여'는 문장의 처음에 등장해 말줄임표로 문장이 시작되기도 하고, 문장의 중간에 등장하기도 한다. '……하여'의 형태가 시 전체에 걸쳐서 여러 번 반복되면서, 많은 말을 생략하고 있는 말줄임표는 귀에 웅웅대는 소리를 시각적으로 표상한 표지처럼 보인다. 게다가 이 시에 등장하는 23개의 문장은 모두 의문문이다. 의문문은 청자의 대답을 요구하는 문장으로, 평서문보다 청자의 존재를 의식하게 한다. 이 시에는 울음소리, 바람소리, 불협화음, 복음, 소문, 무성영화, 투덜거림, 헐떡거림 등 청각적 감각을 자극하는 소리들이 자주 등장한다. 심지어 무성영화조차 오히려 제거된 소리로 인해 더욱 소리를 의식하게 만든다. 마치 주파수가 맞지 않아 치지직거리는 라디오 소리처럼 불협화음으로 가득한 이 시는 '내 귀의 전성시대'라는 제목과 절묘하게 어우러지면서 클로즈업된 귀들의 환상을 만들어내는 데 기여한다.

신체의 일부, 그중에서도 손과 귀가 강조된 이러한 환각은 결국 시인이 세계를 포착하는 감각에서 비롯된다. 바닥을 기어 다니는 절단된 손과 불협화음이 울리는 귀는 소통에 성공하지 못한 외로운 시적 주체를 부각시키지만 동시에 박도희 시의 주체가 소통을 갈망하고 있음을 보여준다. 손가락 하나와 손가락 하나가 가만히 닿아 서로의 온기가 전해지면 이 환각도 사라질지 모른다.

난장, 그리고 내일의 취향

박도희의 시에는 꿈의 일부처럼 비논리적이고 단속적이고 비약적인 장면이 종종 등장한다. "안경을 쓴 의사의 눈동자가 차분하게 내가 죽을 거라고" 사형선고를 내리기도 하고, "편지를 받았는데 읽으려는 순간 글씨가 허물어"지기도 하며, "윈도우 안 조각상이 나를 부"르거나 "한 허리 위로 똑같은 눈 코 입을 가진 수의 입은 두 사람" 중 "뒷사람이 앞사람의 목에 칼을 들이대"기도 한다. 이런 모든 장면이 예고 없이 하나의 시에 출현하는데, 의사의 사형선고를 들은 화자가 자신의 죽음 앞에서 취하는 태도는 양가적이다. "내 죽음이 알지 못하는 설렘"을 느끼기도 하고 "천둥 번개 삼세번" 같은 커다란 충격을 느끼기도 하고 "난 아니야"(「꿈이 아니어도 좋아라」) 소리칠 만큼 공포를 느끼기도 한다. 박도희의 시 전반에 깔려 있는 강박적인 불안과 공포는 대개 지옥 같은 현실에서 기인한다.

"죽은 척하던 검은 오리가 갑자기 고개를 젖히고 제게

다가온 흰 새를 물고" 흔드는 장면을 보며 박도희의 시적 주체는 "먹잇감도 아닌 새를 속임수까지 써가며 왜 죽이는"(「지옥 휴가」) 것인지 분노한다. 그 분노의 원인은 사실 두려움에 있다. 생명을 유지하는 데 필요해서가 아니라 속임수를 써서라도 우선 상대를 짓밟고 보는 이 지독한 '난장' 속에서 그녀의 영혼은 상처 입는다.

> '깨지지 않는 아름다움' 코렐이 박살 난다 집을 나온다 친정에 가도 침대가 거센 파도에 묻혀 있다 반짇고리에서 재단 가위를 꺼낸다 젖먹이마냥 옆에 누인다 마음이 조금 가라앉는다 내 얼굴에 구멍을 내고 싶은데 벌려진 가윗날이 좁혀지지 않는다 거실에서 쏴쏵, 소리가 들린다 고추씨를 심어놓은 스티로폼 상자에 어머니가 분무기로 물을 주신다 조심스레 재단을 하실 때처럼 쏵쏵, 가위 소리를 내는 물소리가 나를 오린다 퀼트처럼 무늬가 맞지 않는 나를 돌려 쏵쏵, 쏴쏵, 이어준다 흙이 마르지 않도록 이리저리 새벽부터 물을 뿌리신다
>
> ─「가위」 전문

"'깨지지 않는 아름다움' 코렐이 박살" 나는 순간 시적 화자가 애써 지켜왔던 가정과 그녀의 영혼도 파괴되었을 것이다. 상처 입은 영혼은 집을 나와 친정에 가지

만 그곳에서도 외롭기는 매한가지다. "반짇고리에서 재단 가위를 꺼"내 "젖먹이마냥 옆에 누"이자 그녀의 "마음이 조금 가라앉는다". 하지만 이내 자신의 "얼굴에 구멍을 내고 싶은" 충동에 시달린다. 그런 화자에게 시위라도 하듯 어머니는 거실에서 "고추씨를 심어놓은 스티로폼 상자에" "분무기로 물을 주신다". 분무기로 물을 뿜는 "쏵쏵, 소리"는 "조심스레 재단을 하"는 "싹싹, 가위 소리"처럼 들린다. 어머니의 물소리가 화자를 오린다. 자해의 상상은 상상으로만 그칠 뿐이지만 그 때문에 그녀의 우울은 더욱 가중된다. 막연하지만 검고 질긴 불안감에 사로잡혀 있고 그것이 사랑의 상실에서 기인한다는 점에서 박도희의 시는 줄리아 크리스테바가 말한 멜랑콜리의 감정을 체현하고 있는 것으로 보인다.

박도희의 시적 주체가 체험한 상실감은 "늙은 아버지 종친회를 따라나섰던 봄날 / 네 어머니는 어디 가셨니 / 질문이 싫고 햇살이 싫어 점심도 굶고 꽃잎들만 따 먹었"던 봄날의 기억과 "그 봄날까지 잃어버리고" "등 뒤의 수건처럼 남겨져 있"(「장마」)는 오늘의 처지에서 연유하는 것이기도 하고, "엄마가 죽었으면 좋겠다고" "현관문에서 소리를 지"(「떠다니는 길」)르는 자신을 닮은 딸로 인한 것이기도 하다. 곧 철거될 아파트처럼 위태로운 시적 주체는 모멸감과 공격성 사이에서 진동한다. "길을 잃"은 그녀의 슬픔(「圓」)은 모멸감과 공격성을 거느 리다. "개 같은 것, 멀리 가지도 못하면서 남을 물기만 하는 것"이라는 전언은 그녀 자신을 향하고 있다. "히이!…… 남을 깨물기만 하는 히, 히이!"(「개」), 자조적인 웃음소리가 그로부터 들려온다. 자조와 슬픔과 광기를 지닌 박도희의 시적 주체에게서는 오필리아의 그림자 가 어른거린다. 사랑하는 이와 아버지와 말짱한 정신과 목숨을 다 잃어버리고도 햄릿의 비극에 가려진 그녀의 슬픈 운명이야말로 "읊조림의 강물이 흘러넘쳐 옷들이 다 젖어버"(「사흘간의 다운로드 3—손수건」)린 슬픔과 광기 의 표상으로 적합해 보인다.

그의 침묵이 거짓말이라는 걸 안 순간 나의 입술을 저장하 는 꿈, 잠들어 있을 때 길을 묻지 말아요 나는 잠들 거예요 물이 되 어 천천히 마르길 기다릴 거예요 아무것도 비추지 않을 때까지 물의 여백이 다가올 때까지 친구들이 나를 헹가래 쳐도 모른 척할 거예요 피도 흘리지 않고 유리조각을 씹는 시간이 범람한다 생판 모 르는 남녀가 치고받는 싸움으로 전개되는 삶 인과도 등 뒤에 서 들려오는 내 비명소리도 어색하다 자연은 벤치, 라고 나락이 말해주었지 내가 기울어질수록 바람이 수평으로 머물다 가겠지 나그 네가 잠들 때에 햇살도 눈을 감네 커다란 독수리가 제 깃털을 뽑 아 던진다 내 등뼈에 화살처럼 꽂힌다 쉽게 깃털을 뽑아내지만 불안한 나는 빨리 걷는다 질문이 잠들었어요 질식할 것만 같아요 구원으로부터 구원을 받으라고 붓다가 말했어요 자비송을 불러봐요, 비단실을 뽑아봐요 작은 유충이 되면 어지럽지 않을 거예요 지각한다는 느낌이 나를 과녁으로 삼는다 정확하게 내 심장을 지나 창밖 언 나무에게 꽂힌다 지루함은 왜 꼬박꼬박 소비되는 걸까 나는 '없는 거기에' 가보았어요 평면의 흔들리는 산을 오를 수 있었어요 내가 무엇과 연결된 걸까요 호주머니 같은 벽들을 만지작거리고 있었어요

—「내일의 취향」 전문

작은 활자로 표기된 "나는 잠들 거예요 물이 되어 천천히 마르길 기다릴 거예요"라는 전언에서는 상처 입은 화자의 완강한 고집이 느껴진다. "그의 침묵이 거짓말이라는 걸 안 순간" 화자는 자기 안에 도사린 채 마음의 빗장을 걸어버린다. 한없이 바닥으로 가라앉는 그녀에게는 "피도 흘리지 않고 유리조각을 씹는 시간이 범람한다". 그녀 역시 구원을 갈망하지만 구원에 이르는 길은 평탄치 않다. 비명소리와 불안감과 어지러움과 질식할 것 같은 느낌이 들쭉날쭉한 크기의 글자들과 '타인의 말'의 혼재로 그려진 박도희의 시는 그녀의 말마따나 '내일의 취향'에 가까운 시인지도 모른다. 그러므로 오늘의 취향을 지닌 독자들은 그녀의 시를 읽기 위해

먼저 자신과의 싸움에 돌입해야 할 것이다. 자기 응시를 통해 하나의 경계를 허물고 나면 그녀가 가보았다는 '없는 거기에' 진입할 가능성이 우리에게도 열리지 않을까?

문예중앙시선 026

블루 십자가

초판 1쇄 발행 | 2013년 5월 24일

지은이 | 박도희
발행인 | 김우석
제작총괄 | 손장환
편집장 | 원미선
책임편집 | 박성근
마케팅 | 김동현, 이진규

디자인 | 오필민디자인
인쇄 | 영신사

발행처 | 중앙북스(주)
등록 | 2007년 2월 13일 (제2-4561호)
주소 | (121-904) 서울시 마포구 상암동 1651번지 상암DMCC빌딩 20층
전화 | 1588-0905
홈페이지 | www.joongangbooks.co.kr

ISBN 978-89-278-0439-0 03810